mariana artigas

nascida em Curitiba, Paraná, é atriz formada em Arte Dramática pelo Colégio Estadual do Paraná e graduanda em Letras Português-Inglês pela Pontifícia Universidade Católica do Paraná. Publicou poemas em revistas nacionais e internacionais de poesia, incluindo as revistas: Palavra Comum, Galiza e Ruído Manifesto, Mato Grosso. *Ossatura Sutil* é o seu primeiro livro publicado.

OSSATURA SUTIL

mariana artigas

editora Urutau
primeira edição
2022

O —

editora Urutau

avenida peirao besada, 6 - 2D
36163 poio-pontevedra
(espanha)

rua cajus, 478
jardim das cerejeiras, cotia — sp
brasil
06724-015

[+55] 11 94859 2426 [brasil]
[+34] 644 951 354 [galiza]

www.editoraurutau.com.br
contato@editoraurutau.com.br

[EDITORA]
debora ribeiro rendelli
[REVISÃO]
ayrton badriah
[PROJETO GRÁFICO]
wladimir vaz
[COORDENAÇÃO GRÁFICA]
tiago fabris rendelli
[DIAGRAMAÇÃO]
victor h. azevedo
[CAPA]
victor h. azevedo, sobre fotografia de sam

dados internacionais de catalogação na publicação (CIP) de acordo com ISBD

artigas, mariana
A791o ossatura sutil / mariana artigas. — cotia : urutau, 2022. 64 p. ; 14cm x 19,5cm.

ISBN 978-65-5900-280-1

1. literatura brasileira. 2. poesia. I. título.

CDD 869.1
2022-1638 CDU 821.134.3(81)-1

elaborado por vagner rodolfo da silva - CRB-8/9410

sumário

ÁTRIOS

BRAÇO DE MAR

MITOLOGIA

OSSATURA SUTIL

DESEJO

LINGUAGEM

*

*   *

ÁTRIOS

uníssono

selvagens partiremos
forjaremos então,
meu querido,
o tempo despido
em liberdade.
teremos alçado voo,
seremos o sol e a garoa
unísono
em uma só pessoa.

solitude

logo pela manhãzinha
levanto e o corpo pesa,
pés trepidam,
mãos oscilam.

cigarro entre os dedos
de quem havia parado
de fumar,

o aroma do café
invadindo o espaço
caminhando ainda
de mansinho.

um olhar caótico
espreita o medo
do caos ao nirvana.

há um ranger de ferros,
abro os olhos
e não necessariamente
acordo.

bocas vorazes
interpelam
silêncios vazios
imersos em corpos ébrios.

cinzas às cinzas, pó ao pó

cinzas enigmáticas
dissolvem-se de fora para dentro
inúmeras sensações

e a luz ao início do dia começando,
a desfiar-se o timbre da sua voz surge
em meio ao branco e ao azul.

desfazendo lentamente seus traços,
na penumbra de uma manhã
ensolarada mas ainda assim fria.

espero você para soprar em meus ouvidos
algo sobre os meus olhos,
e eu espero, e espero para dizer de ti
detalhes e pequenas coisas.

mas o silêncio dos astros nos segue,
e numa linguagem temporária
desaprendo a ouvir minha própria voz.

então você fixa o olhar num horizonte
completamente imóvel.
sou sua, uma tempestade em preto e branco.

o fôlego aprisiona o meu pranto

deixo-me enlaçar por um fogo
ingênuo,
como o decorrer dos dias
em que o fôlego aprisiona
o meu pranto.

a luz entra pela janela
atravessando a bruma
esbranquiçada
do claustro,
uma flor em agonia.

o derramamento da brasa
e do suor,
lento em seu desassossego.
encontro-me
a caminhar por essas ruas
a esmo,

cantaste-me para loucura,
beijaste-me para a insanidade,
hefesto, fogo-fátuo.

desmanchando-se em fios
de ouro percorre-me
os lábios, como um silêncio
que se alastra no vazio.

ruídos

guardo teu nome em segredo como quem se apropria do silêncio.

átrios

à noite nós dois
partiremos como
imigrantes,
como duas plantas
que crescem juntas,
e não tornaremos
ao silêncio
ensurdecedor
dos nossos países
ousaremos
não obedientes
a liberdade
de sermos vizinhos
em nosso pensamento,
distanciando assim
as nossas emoções,
com tinta presa
na garganta,
nos átrios vazios
dos nossos corações.

*

com a áspera delicadeza
das minhas mãos
procuro os filamentos
dos teus nervos
que se dissolvem inteiros
na areia movediça
dos meus pensamentos.

agonia em vermelho

sou conduzida por uma inércia
irrefreável
porém será preciso esquecê-la.

a luz acessa na rua
antecedendo a manhãzinha
emudece meu estado de
tristeza.

quantas fogueiras mais
para eternizá-la?
em meu inferno de dante,

sinto a angústia maculada
antes do início de tudo,
um eco profundo,

um ton sur ton,
um vermelho profundo
da pele liberta-me
o mais sincero absurdo.

nada será capaz de aquietá-la,
a necessidade de silêncio
transpondo um abismo

entre dois mundos
antes da fala, meu bem,
o exílio antes de tudo.

sinfonia tocada pelo vento

faz frio em veneza
os telhados antigos das casas
debruçam-se
sobre os anjos rubros cor-de-rosa
perpassando o canal da cidade.
no quarto onde tu dormes
aprendo a curva da impermanência,
através das palavras
estendo meu corpo entre as frestas
e entre os cobertores macios.
teus cabelos crescem como fogo,
queimando o frio.
peço às janelas para estudar os ecos
do teu silêncio,
peço ainda que os vestígios de toda
impermanência
façam-me infinita em teus pensamentos
e a derradeira manhã
onde filamentos de cor ainda estão ligados
a tua imagem.

*
* *

BRAÇO DE MAR

desvario

noites em claro,
dias no escuro,
as moiras
antecedendo
as chuvas de março
tecem o destino sorrateiro,
imediato e forasteiro.
o vento oscilando,
ancoradouro de uma
tempestade,
pressente e adivinha
através da cavidade
dos meus ossos
e através das linhas
dos meus olhos
que o sal pertencente
a este corpo
a terra há de corroer.

travessia

calço meus sapatos
e percorro um caminho
tortuoso através
das pedras
onde meus sapatos
fazem vigília,
o sal recai sobre
os meus olhos
e peço-te devota
para que diante de
uma terra sem repouso
deite-se comigo
no crespo mar
em uma ilha diante
do egito.

*

beberei o sal dos teus olhos
antes de retornar ao egito,
meu bem, oferecerei
santas hecatombes
aos deuses habitados

na vastidão dos céus,
e então me olharás
profundamente nos olhos
e retornarás largo,
rastejante sobre a terra,
derramando grossas lágrimas.

areia

o mar estilhaça seus olhos
diante das minhas
melhores mentiras,
e o orvalho cai docemente
em uma folha branca.
maculando o teu nome,
no mesmíssimo momento
em que teu pranto
alcança as minhas pálpebras.

precipício

uma poeta atira-se ao mar
para vivenciar seus segredos.

lábios

sou dilúvio em tua boca,
sou matéria bruta,
emergindo em poesia.

*

sou a fúria do mar
impressa em tua barba.

braço de mar

um dialeto onírico
traçou seu nome
em um braço de mar,
onde delicadas
pérolas tocaram
os meus lábios,
assobiando
o mistério infindável
de um sol poente,
sob um vigor nefasto.

continente

um delírio
mancha a memória
incendiária
que deus cavou
em meu peito.
lótus vermelhas
emergem fracionárias
e ardentes
frente à demolição
de todos os homens.
sob a urgência
do silêncio
a saudade torna-se
um dialeto imediato,
submergindo
em meio às terras
de outro continente.

*

*   *

MITOLOGIA

dalila

o início de um dilúvio
à deriva, ao raiar da aurora
um novo augúrio,
educar meus olhos,
educar meus lábios,
amar-te silenciosamente,
perto da silhueta
de árvores silenciosas.
deixe-me dançar
como dalila,
enquanto firmo os pilares
de uma nova consciência,
enquanto ensino-te
uma nova forma de perigo,
como adestrar
a raiva convulsa
diante da sutura
imediata das palavras.

útero

ensina-me a compreensão
confessa dos desejos,
amor, ensina-me
como seu fosse medeia
a parir os frutos
desse ventre bárbaro,
num dia de sol a pino,
numa noite de lua cheia.

mitologia

tateando sobre o escuro,
alfinetando sonhos
e ossos,
todo ócio ruminando
um cativo silêncio
que me faz companhia.
fósforos acessos,
afetos desalinhados
perseverando o destino.
uma maré baixa
me acolhia.
todo silêncio entre
seus lábios e os meus
transportam um incêndio
desalinhado sob medida.
dois corpos findando
a odisseia e a ilíada.

iemanjá

vislumbro, vislumbro e vislumbro a pele úmida da sereia que guarda o meu pranto.

o homem e a criatura

leis cativas
entre o nefasto e o sensível
tecem um muro de paixões
indivisíveis,
o ermo vazio conduzindo
nossos ritos de exorcismo
vem guiando a alma
e desfazendo feitiços.
fios de prata emergem
dos mares de poseidon
como um castigo,
ao relento ouço sussurros
que revelam no homem
uma criatura
e um simulacro contido.

lua de artemísia

vou adentrando o oceano cósmico
e sou atravessada por uma canção
sem voz, repleta de vazios.
sinto o vento e o silêncio
escorrendo pelos meus poros,
amor, estou repleta de veneno.
um veneno abrupto, amor,
um sonho nebuloso,
um controle absurdo,
equilibro-me entre a flutuação,
entre o abismo e o etéreo,
meu bem, olha-me com cuidado,
sou pitonisa, nascida em delfos,
o codinome de sacerdotisa.

magma

despejarei, tranquilamente, um punhado de areia sob os teus olhos e assistirei pompeia queimar.

lunação em aquário

um cardume
saltou-me aos olhos
e refulgiu brilhante,
vermelho como sangue,
ao sol do meio dia
um território foi aberto,
oráculo desperto
irrigável dentro da ferida,
nipônico sol poente,
trago no corpo
uma impronunciável
mitologia.

* * *

OSSATURA SUTIL

ílio

sob os vestígios da tua memória fiz uma promessa a minha escrita:
jamais deixar irromper em morte a solidão que me fascina.

ossatura sutil

com meus poros
escrevi a ossatura sutil
das pétalas
que guardam o poema.
na margem árida
do segredo
que magnetiza
teus ossos,
o som do pecado
traduz o teu nome
ao céu da boca,
à ponta da língua.

escápula

verdades tornam-se nuances para nossos corpos despidos.

crânio

teu coração é sítio arqueológico,
e tua razão carne regressa.

DESEJO

lonjura

deixe-me amar-te
como uma mulher,
o ar pesado
comprime
meus dedos
ainda enrugados.
o cabelo molhado
tece um rastro
do quarto ao banheiro.
manhãs dissipam-se
em sonolência,
ergo as pálpebras,
e a inconsistência
dos dias
insiste em renascer
cambaleando
entre corredores
esparsos.
letras escrevem
as chuvas de março,
desejos encontram-se
no vão dos ecos
inimagináveis.

o mistério finda
a concretização
do desejo.

vísceras

escavo buscando as entranhas do desejo.

mapa topográfico

aprecio por mais alguns
instantes seu corpo
entre as réstias de sol

que invadem o espaço
através da persiana.
mapa topográfico,

curvas aquosas
precipitam o íntimo
do teu lençol freático.

caminhos entre o linho
e o algodão,
pincéis cobrem o chão.

o vinco corpóreo
percorre a cidade-mulher,
o tráfego encontra-se intenso
e o gozo encontra-se etéreo.

canal lacrimal

gozo eterno crivado de lágrimas.

pecamos sobre a volúpia

pecamos sobre a volúpia,
ora pela falta, ora pelo excesso.
as necessidades aqui encontram-se
obstruídas.
você deve esclarecer a si mesmo
para vivê-las de modo profundo
e pleno.
não é de todo ruim aceitar a volúpia,
ela é intrínseca, inata.
o modo como fazemos hoje é de
supressão.
é pecar ora pela falta,
ora pelo excesso.
é transformar a carência em amor,
em paixão.
onde os nossos estímulos estão
verdadeiramente esgotados.
sendo assim, pecamos pela
distração.
estimulamos o desperdício,
e líquidos não somos capazes
da profundeza.

inércia

da bruma e da faísca surgem afetos líquidos e belezas líquidas
que um dia irão ruir.

LINGUAGEM

magnólia

amo o silêncio como quem venera o mistério.

tuas mãos

tuas mãos calam
um horizonte dormente
frente à recusa do fácil
e mediante um afeto frágil
indigesta e indócil
tua fala segue e me toma
de súbito
à beira do mar vermelho
onde pérolas guardam
meus lábios sob
gestos largos e reclusos
encontro-me
a pronunciar uma linguagem
incrustada de lágrimas
e intoxicada de amores
obtusos.

***

enxugo, enxáguo e expurgo
o amor que já senti por ti.

euforia

em cinco ou seis versos, uma atriz nasce
da tua escrita, meu amor, petite mort – cena divina.

contramão

procuro-me
perpassando
o ponto cego
onde a linguagem
não comunica
o infinito,
procuro-me
onde a morte
revisita o poema,
inebriando-me
de palavras que
sabiamente dopam
e intensamente
aniquilam.

eco profundo

moro nas entrelinhas
da lágrima,
vou transformando
a água turva
em água fluída,
acalmo a linguagem,
atenuo as feridas,
sublinho palavras
aplicando bálsamos
e artemísia.
meu bem,
tive de aprender
a abrir as pálpebras
delicadamente,
como quem profetiza
o silêncio,
como quem indaga
se é possível
saciar a fome com música.

* * *

■ primeira edição
■ junho de 2022